芳草集

郑新芳 著

陕西新华出版
太白文艺出版社·西安

图书在版编目（CIP）数据

芳草集 / 郑新芳著 .-- 西安：太白文艺出版社，2023.6
　　ISBN 978-7-5513-2394-9

Ⅰ．①芳… Ⅱ．①郑… Ⅲ．①诗集－中国－当代 Ⅳ．①I227

中国国家版本馆 CIP 数据核字（2023）第 097426 号

芳草集
FANGCAO JI

作　　者	郑新芳
责任编辑	杨德风　刘　琪
封面设计	高　高
版式设计	耕读书局
出版发行	太白文艺出版社
经　　销	新华书店
印　　刷	武汉市卓源印务有限公司
开　　本	880mm×1230mm　1/32
字　　数	100 千字
印　　张	5.75
版　　次	2023 年 6 月第 1 版
印　　次	2023 年 6 月第 1 次印刷
书　　号	ISBN 978-7-5513-2394-9
定　　价	58.00 元

版权所有　翻印必究
如有印装质量问题，可寄出版社印制部调换
联系电话：029-81206800
出版社地址：西安市曲江新区登高路 1388 号（邮编：710061）
营销中心电话：029-87277748　029-87217872

序一

隐忍的文字中夹杂着内心奇妙的战栗

王新民

女诗人有女诗人的风采和特质,她们的诗歌文本和人一样可以成为审美的观照。郑新芳的诗歌有着内敛、直觉和略带微颤气息的诗性品质。在探求诗歌感性与知性、内在复杂度与外在简约形式的切入点上,郑新芳有着较高的悟性。她的写作姿态随意、自如,毫无矫揉造作之态。有时从容、淡定,有时又大胆、前倾,这是郑新芳的诗歌的抒写特色。她的叙述方式十分克制,婉转平和,但其中也藏着湍流,只是对于语言,她总是紧紧地约束,缓慢地放开,将狂涛放缓,将急流放轻。郑新芳非常认真地写,非常投入地写,非常激情地写。郑新芳的诗歌不灼热,不炙烤,温婉适度,浸润心灵。她的诗歌并没有明显的欢欣和悲悯感,诗句之间互相抚平;她有一种贴合现状的观察境界。

走进郑新芳的诗歌,就是走入人与自然的对话。因为她的诗歌心灵是与自然万物融合在一起的。在她的诗歌语言里,不存在枝枝叶叶的生活琐屑,舞动着的是蝴蝶绚丽的翅膀,吟唱的是树叶沙沙的鸣响。她的诗歌世界是与自然合一的,"花开瑰丽,花落无声／那些要表达的情感／在花蕊里流淌／蜜蜂，也许来过。"（《花》）郑新芳吟咏的事物散发着自然的气息，仿佛清风春雨扑面而来。每一片叶、每一棵草、每一束光上，律动着的是诗人自己的呼吸。透过那些稻香、小荷、水草和青苔，看到的是诗人的形象，看到的是她如青苔一样恬淡、安详的心灵，如小荷一样温柔、明丽的面孔，自然万物与诗人的心灵一起舞蹈。

"五月的天／梅雨下着下着，不知道停／你总算来看我了／心里稍稍有些许安慰／雨后的空气有些凉／路有些滑／我不得不扶着墙走路／看见远山那一抹朝霞／朝霞在嘲笑我吗／我如此虚弱／不，我很有力气／我要奔跑，追赶那云霞。"（《天晴了》）五月的梅雨给予诗人独特的感觉和无穷无尽的遐想。诗人似乎寻找到了自己的心灵之根，实现了宁静的回归。诗歌中呈现出的原生物态，都蕴含着时间，蕴含着情感，和着同一曲质朴的旋律，与诗人的心跳一同律动。文本通过对内心独白的解剖，完成了对瞬间感觉的真实呈现。

好的诗歌，观照人对自身、生命、命运、自然、宇宙万物的感知与领悟。好的诗歌，呼唤并抒发人与人、人与天地万物之间通灵的情感。"这么多伤，不敢说痛／谁留下的，也不敢吱声／默默地结疤。"（《树上的划痕》）我相信大部分女性写诗的初衷缘于"疼痛"。郑新芳在诗歌里也书写"痛"。她将树视为一种肉体的存在并有痛的感觉，这也许就是女性诗人书写的意义。来自天命的痛，使女性注定要比男性承受的痛更多。痛使女性的神经易感易觉，比男性更容易与自然达成共识与和鸣。文字对于女性是止痛良药，是运载、承载、交付与付出，是血与肉，是嘶喊。这一切之后，回归女性身体的单一纯净。我相信一些知识女性为了健康，不能不写诗。是诗歌选择了她们，同时她们也选择了诗歌这种表达方式。所以，我理解诗人郑新芳对于树"痛"的抒写。

另外值得强调的是，在《树上的划痕》这首诗中，诗人以浓郁的诗意和不朽的精神阐述痛，观照人与自然、心与天地合一的人生道象，这就是诗歌的"根"。诗人的心灵沃土中扎下了这条根，才会生长出枝繁叶茂、"知会天意"的好诗来。《树上的划痕》这首诗的美学特征，在于感情真挚，立意高远，有好的思想、好的内容、好的形式，能够打动人；它拥有人性含量、道义含量、审美含量和艺术含量，其语言、意象、哲思，无处不凸显诗人独有的个性。

读书的女子是美丽的，读书女子写的诗歌，会透露出一种淡定、知性的气质，它源于读书女子内心对生活的热爱。生活的琐碎和坎坷，并不能磨损读书的女子，而是给她们提供一个新的视角，发现生活里容易被忽略的微小感动。余光中说："写诗、写散文、写评论、翻译是我生命的四度空间，它们共同构成了一个立体的美感世界。"郑新芳的诗歌是她对生活的爱、对读书的爱，她的文字是她达意的工具，她充分运用自己的文字，不拘一格地展现自己的所思所感，营造着一个立体的、充满美感的世界。

郑新芳的诗歌有一种人性的、客观的、本真的、奇妙的好味道，有汉语言的原初之美，有伸展自如的表现能力，给你无限想象的空间。郑新芳的诗歌在语感、语速、节奏上，外在简约，内有张力；在内容空间的拓展上，在文字的鲜活和想象力上，都有自己的独特之处。同时，郑新芳的诗歌还体现了一种天分。这种天分使她的诗歌内蕴丰厚，又不张扬跋扈；这种天分使她的诗歌显得随心所欲，随遇而安，呈现出更多的即兴性。比如《青苔》：

"无意,将这面墙染成绿色/一次雨后,生命撒落在这里/细细密密的绿/争先恐后地表达/这小得不能再小的爱恋/不敢大声说出来/只好/等待下一次/大雨倾盆。"也许有人以为即兴的东西大多是粗浅之作,而我则不以为然。我以为即兴的写作,是一个诗人才情和性情的不期而遇,也可以说是一种无可避免的邂逅,是一个诗人爆发力强弱的具体体现。

无论是隐性的沉静,或者是明亮的喧嚣,这个时代对于诗歌来讲,仿佛是一个瓦解冰消的时代,诗歌越来越遭受"冷遇"。然而,多少给人安慰的是,再喧嚣的时代也总会有些安于内心的守望者,总会有些沉浸于暗夜的"孤光"与"萤火",以潜行的方式为诗坛带来些希望与生机。或许郑新芳就是这样的守望者。

郑新芳以素朴的方式实现着自己在诗歌领域的"在场感",她善于捕捉生活中的简单场景入诗,而置攘往熙来的时代大潮于不顾。她不动声色的表情、冷峻的色彩以及睿智的光芒,在诗行中自然地闪现着。她以自己最实在的生活方式,实现着自己作为自然人的存在,既没有以革命者的姿态在诗坛上演绎暴风骤雨式的传奇,也没有怀着强大的功利之心,在诗歌中加入个人要融入诗歌史的雄心壮志。郑新芳诗作最大的优美之处,就是暖——人间的暖、人情的暖、人性的暖,所有的暖集中于她诗歌的字字句句之中,就连她的停顿、呵气,都是暖的。暖得有些静、有些敛、有些像暖炉中静静燃烧的暗火,只觉温度,而不见其炽烈、奔放,甚至放纵与无度。"甘愿在水底/听不见上面嘈杂的声音/浪来,我随浪摇晃/风来,我随风起舞/太阳透过水的影子,也能照耀我/月亮更愿意带着轻柔的晚风,抚摸我/虽说没有鱼做伴/有清澈的湖水,伴我左右/足矣。"(《水草》)郑新芳诗歌呈现给人们的除了暖意，还有极大的克制与低调的审美，像草原传来的幽幽低诉，似曾听得，又随风走远。让人在寒冷的冬天，一步三顾，流连忘返，难以割舍。

郑新芳的诗歌，明显带有一种女性特有的细腻与轻微的感伤，隐忍的文字中夹杂着内心奇妙的战栗，心境透过质性的叙述和简拔出来的意象，会烙下永恒的色彩。"乱成一团的网／认真地清理着／鱼儿哪里知道，我的心思／只有这网知道。"（《网》）她的感伤从来不会带来疯狂的歌唱，而近乎"我的心思／只有这网知道"那样淡淡的"憔悴美"。

郑新芳以冷静而质朴的诉说，置身于诗歌的生成当中，毫无奇险怪异的笔法，也没有锐意革新的企图，她似乎一直在沿袭着最惯见的通俗写作技巧，歌唱着原本属于诗人自己的内心感受。在写作的手法与题材的选择上，也显然没有超出对现实或者经由现实直指内心的情感构写。在诗人那里，较常见的一个主题是基于对内心怅然和疼痛的默然表达，这是一种对最素朴的生活场景的表达，然而也是最恰如其分的诗歌表达，不掺杂半点儿虚构与夸张。

王新民 笔名斯民、王我。中国作协会员，原武汉市作家协会驻会副主席兼秘书长，《武汉作家》总编，武汉市文艺理论家协会副主席，湖北省作协诗歌创作委员会副主任，武汉炎黄文学院院长，武汉市有突出贡献专家。先后在国内外发表作品1400余篇（首），出版各类著作28部，拍摄电影1部，获省市级文学奖10余次，部分作品入选各种选本或译介国外。

序二

不一样的人间烟火

李宗祥

一

近来，陆续读了郑新芳写的许多诗。

郑新芳的诗，来源于生活，原生态，是对平凡的生活多重辐射而建构的精神家园。她的诗，时空感、再生力都较强，仿佛一个有血有肉的郑新芳站在我们面前，神奇而又圣洁地吟唱《圣经》。因而，读起她的诗，让人感到熟悉和亲切，不会感到惊讶和陌生，也不会感到苦涩和沉闷。

郑新芳的诗，大多短小精悍。从语言、情感、意境、节奏、内涵等方面来看，朴实无华、简单直白，却又清新明快、狂热纵情，将个体内在的生命，与对个体生命的再次创造，在一个有限的篇幅里，精雕细刻，有序地呈现出来，既有诗情画意，亦有强烈的艺术效果。

或许，以上这些对郑新芳的诗的评判，是基于感性认识、非整体性认识，是相对的。现阶段，出于对诗歌创作与诗歌评论的维护和尊重、弘扬和发展，已要求我们从新时代的高度，包括从美学高度、生命高度、提升自我站位的高度，来获得当下的推荐和未来的承认。这种诗学自觉，促使我凝神聚力，对郑新芳的诗进行透视和剖析，力求给人带来一种全新的认识和一种美的传达。

恰逢郑新芳把她这几年写的诗整理出来，试图归并成集，我方才得以系统地读她的诗，并窥得全貌。我认为，她的诗质朴自然，一览无余地展现出诗人的艺术特质和艺术形象，既是一种灵魂的自我召唤，又是超凡脱俗的自我再造，而从中传导出的传统气息和现代脉息，使我们好似仰视到了袅袅而上的人间烟火。这人间烟火，是色彩的个性化表现。但是，如果要鲜明地区分开来，是黑色的、灰色的、黄色的、白色的、红色的……好像都是，又好像都不是。于是，在矛盾中，对郑新芳的诗，不禁有了新的艺术感觉和审美感知。

二

认识诗歌的基本特点是评论的起点。而诗歌的基本特点，无外乎情感、意境与诗的整体美。若就诗风而言，穿越古今，种类繁多，而且不同的种类，有不同的艺术形式和表现手法，不胜枚举。导论到这里，言及郑新芳的诗，一种难以言传的意味，强烈地渗透着人类最原始的自然意识，表现出个体生命的终极意义，并且一点儿都不神秘和模糊。这种别开生面的诗歌生态，可视、可闻、可触、可传播，令人的感受与观念有较大的改变。

（一）诗化的陌生与再造

诗化，本指融入了诗歌艺术特征的文学作品，像诗化小说、诗化散文，不注重叙事功能、情节冲突，而注重意境创造、诗意描绘。反过来，在诗歌中注入小说、散文的艺术特征，将叙事、抒情以及非虚构等杂合，使诗歌小说化、散文化。如若把这种特征再弱化一些，模糊一些，便轮回反转，衍生出如同诗化的陌生，产生新的感觉、新的诗意。郑新芳的诗中，具有这样特点的篇章有很多，如《农民工的生活》(组诗)、《卖猪肉日记》(组诗) 等系列，在观察生活、透视社会的过程中，既有像写小说那样预先埋下彼此关联的伏笔，又有像写散文那样形散而神不散的特质，也有像写日记那样提供整体的暗示，最后精雕细琢，诗化为我们熟悉的诗歌。这样散漫如生活，严谨如工作的写法，让诗歌回归真实，将现实场景诗化、艺术化。

众所周知，陌生与熟悉，是相对的，是矛盾对立统一的两面。对人、对物、对事，熟悉到一定程度，反而熟视无睹，不关注，甚至麻木。而物质的摧毁与精神的重建，是相辅相成的。新的事物慢慢产生，直到熟悉。同样，旧的事物慢慢模糊，直至陌生。这样起死回生的再造，使诗化的艺术和色彩更加光彩夺目，驱使诗歌产生基因突变。像《六月喜事》，起笔即有序地组合意象，延伸和扩张意象："一晃已踏入了六月的门槛 / 一些事已尘埃落定 / 譬如百合花谢了 / 茉莉花开了，碗莲已冒出了小花蕾……"这些饱含生活质感的画面，栩栩如生，我们再熟悉不过了。不过，诗人的本意迥然有别，在一个很有关联，却又隔得不是很远的故事里，突然转向，发现了现实的另一面，稍稍有些陌生，稍稍有些吃惊，然而，不太荒诞，甚至没有成见，或抛弃成见，让我们眼睛一亮，迅速转换到另一个温暖的世界："可喜事还是不断，小舅妈康复出院了 / 门前栅栏里，架上的豆角结满了 / 表姐摘了满满一筐。"

又像《老篾匠》："选几年的竹子／选多粗的竹子／一切交给一把斧头／后来的命运／交给一把篾刀／交给一双粗糙的手／纵横交错／一路前行／一路留下许多遗憾和疏漏。"整首诗直白得像说明，即便戛然而止，也独具生命，可接下来派生出来的诗句却是："老人家一直坐在院落里／不停编篾／编出圆满。"这种高强度的对比，传递出的情感的深度、宽度和厚度，犹如再造客观存在的天外来客。我甚而怀疑：这算不算是诗？可是，在传统和现代之中，创立和发展起来的诗歌代码，就在这文字描述、文字转换的一刹那间，越熟悉的，反而越陌生，越陌生的，反而越熟悉。

(二) 意象的写实与求简

其实，诗化的艺术，都离不开意象。意象，更是诗歌不可缺少的成分。意象的简单与复杂，单一意象或多个意象的叠加，都在诗中常见，也很难分辨出孰优孰劣。这是一个老生常谈的话题，等同于我们寻常吃饭的碗筷，本身很难跳出普通工具的行列。而郑新芳，对这些再普通不过的工具，潜意识地进行驱使，用最小单元的诗意，将意象组合极限勾勒，寥寥数语即完成任务，成为诗歌情感的色彩、气味、声响、形状乃至温度的载体。如《春天从这里起航》，诗分为三段，第一、二段这样写道："周围都是败叶／是风吹来的／我在大树下面／捕捉遗漏的阳光／／接连几天的春雨／滴滴答答／渗透一层又一层／边缘越来越薄。"败叶、风、大树、阳光、春雨……通过简单普通的意象建立内在关系，并在转换中产生困惑和痛苦，迸发出最大的能量，直接奔向第三段："次日／用力掀开负重／奔向春天。"

显然，这些求变、求新、求异、求精的艺术追求，离不开意象的写实与求简。任何意象，都有一定的文化标记与情感印痕，一旦进入诗歌，呈现出的繁与简，承载情感的繁杂与单调，不论是扩张的，还是收缩的，都是一张网，都有一种理想式的表达，美一点儿，再美一点儿……

所以，从诗歌本源出发，写意的、象征的，并且精练的、纯朴的，更动人，更能达到效果。像《这样纯白的茶花》："我们来时，你开得正盛／你不知道我们要来／还是和昨天一个模样／没有摆出任何姿势／花瓣还是那么单薄／让我感觉你好冷，在山顶／／那天没有太阳／你却还是那么开心地／迎接我们。"又像《废墟》："坍塌得多么彻底／没有断垣，没有围墙／雨，一遍一遍冲刷着尘埃／道不明的痛楚，在风中哽咽／／黑夜里，梦在滋长／一点一点在晨曦中发芽。"

类似的诗，郑新芳写了很多首。我也感觉到，郑新芳很善于写这样的短诗，在空间、时间和情感的交融中，删繁就简，返璞归真，格物致知。多么简朴的意象，从自信到亲切；多么纯粹的感悟，从真实到完美。优秀的诗人，总是在生活的点滴里，在世俗的景象中，捕捉到美的意象，寻觅到美的憧憬。这是从古到今，永远也不会湮灭，而且不停地焕发出勃勃生机的一种诗歌现象，或一种生命现象。

（三）情趣的挣扎与秀拙

郑新芳的诗，贵在真心实意。这是诗歌里最基本的，或最单纯的一种情感审美。她往往下笔又快又脆又直爽，只言片语，简短精练，非常写实，同时又好像冒险，在艺术探索的轨道上，不屈从于原始的，或者说，在一定程度上，与原生态发生背离，试图脱胎换骨，让作品不落俗套，多姿多彩，喷射出"不一样的人间烟火"。这种挣扎,首先表现在诗的情趣上,从情感的控制到反抒情,一切美好在世俗的生活中,在世俗的事物里,展现出生动活泼的世俗人情,喜怒哀乐分明。其次,又表现在与世俗的格格不入。但这种格格不入,又是隐藏在诗歌里,很笨拙地在诗中流动着情感的阻滞与中断,像用力从刀鞘里拔出刀,遇到新情况,不能一挥而就。这样的"拙",能够很巧妙地秀出,不论是扩张情感,还是收缩情感,也属于情趣的再现,或再创造。

当然,这并非郑新芳真心实意想追求的。从感性与理性相比的角度,艺术的深刻与永生,又何尝不是阴错阳差铸就的艺术经典?而这些又离不开生活,哪怕是平平常常的生活。例如,你见过这样喝酒的吗?抑或你想过喝这样的酒吗?"不能问起我的婚姻/问起这个,我想喝酒/二锅头有吗?没有菜/盘子里有几粒花生米//没有倾诉的对象,酒成了唯一的知己/出门两个多月,家里没来一个电话/哦!来了一个/儿子的,他的钱用完了//再后来/天,没有下雨/沉默的妻子,没有只言片语。"这首《我想喝酒》中的"我",是借酒浇愁吗?不。我认为,是农民工最真实的、最有代表性的情感,在无法摆脱城市的束缚时,在苦苦地挣扎和渴望中,让自己的灵魂踏上了还乡的路途。关注现实中的问题,同时又不失诙谐与幽默,展现出诗歌强大的内在的生命力,使情趣之美与现实高度契合,避免美得飘浮。

在这里,我认为,郑新芳写的《卖猪肉日记》(组诗),最令我惊诧和陌生,这种情趣的挣扎与秀拙,体现得尤为充分。如:"自从猪肉涨价后,胖老板不敢多进猪肉/平时一头,现在半头/不光这样,还歇业了两天/害得一些顾客天天找他/唉,他还是有吸引人的地方/不是他,是他家的猪肉//猪肉特别,哪里特别/人们说不出一二三来／在锅里、在碗里、在嘴里／在心里／／就是说不出来。"仅就这说不出来的滋味,也会让读者有耳目一新之感。

(四)乡土的印记与转喻

乡土诗,不同于一般的诗歌,它突出的艺术特征和象征意义,便是诗中散发出的浓郁的乡土气息,流动着的浑厚的乡土情感。要说郑新芳的诗,是乡土诗,并不牵强附会。她的大多数诗,不论是借景抒情、借物喻人、托物言志,还是为身边平凡的人树碑立传,为所见所闻的琐事宣传推介,都与她生活的那片乡土息息相关。她的乡土诗最显著的特点就是,把握住瞬间的感觉,像穿越梦里水乡的一日游,体验出一个审美自我。

也可以这样说,郑新芳的诗是乡土诗派生出来的。她的诗泄露出来的秘密,可以转喻为乡土的磁场,张力、弹力与吸引力,虚与实,残缺与完整……甚至每一部分传递出来的审美感受和审美印象,都只有回归到乡土之上,才产生相应的价值。"这样美的姿势,是跳舞的动作／若不是风,平时无论如何也比画不出来／慢四、华尔兹、探戈……"这是《雨后的玉米地》中的诗句。诗人借助错搭的方式,从隐形的景象中罗列出诸多意象,不停地变化与派生,摆脱人性的束缚,展现出另一种乡土情感的张扬,支撑诗意行云流水般流转。其实,这也只是叠加在一种自然现象之上,涵盖在情感空间的产生过程中,创作出的一种超然的乡土式的独白与浪漫。

随手引述的例子有很多。比如《晒腊鱼》《晒渔网》《走进一片油茶树林》等,皆是从生活的片段中裁剪出来的,看似寻常,看似幼稚,却是诗人选择一物作为参照对象,借助这一个个"真相",把原先完全可见的、可以触摸到的物,加入思想、哲理和情感,甚至个人立场等色彩，用语言进行精加工、再创造，打破原先内涵单薄、视野单一的局限，变为不可见的、不可触摸的，寻找到自己所需要的"假象"，从而达到一种较高的艺术境界，自然地表达出对乡土的深深敬意。

纵观郑新芳的乡土诗，散文式的，叙述性的，几乎是个人独一无二的生活体验，平易近人，比较引起人的注意，比较让人接受，并与人产生碰撞和交融，形成艺术上的默契和情感上的共鸣。这只不过是诗人在长期艰苦卓绝的创作过程中，苦苦追寻到的一种属于自己的诗歌形式，方便自己自由地歌唱，也便于触动别人，吸引别人来读罢了。

李宗祥 作家、诗人，著有诗集《与鲜花的距离》《辛动的诗》《那些幸福那些痛》，散文集《生命的线儿》，小说集《李宗祥中短篇小说选》，长篇小说《叫春》，并发表评论若干。

目录 CONTENTS

辑一 春夏风物

002　年后
003　春天从这里起航
004　苏醒的青苔
005　春,原来可以这样
006　一种花正在盛开
007　金家湖有座绿房子
008　柑橘树出墙了
010　春天
012　一个桃子
013　芍药花开
014　这样纯白的茶花
015　花
016　青苔
017　水草
018　六月赏荷遇到风

019　六月茉莉香
020　六月画荷
021　六月喜事
022　六月西瓜熟了
024　水葫芦花开了
025　七月似火
026　七月，怎一个"热"字了得
028　七月的宁静
029　再见八月
031　远的，我去过嘉陵江
032　处暑起风了
033　三角梅开得正艳
035　中午下过一场雨
036　几朵牵牛花
037　雨不长记性
039　对雨的思考超过了雨本身

辑二　劳动者之歌

042　老篾匠
043　晒渔网
044　供电工人
045　西瓜苗排好队
047　丰收节

049　清洁工（组诗）

060　雨后的瓜地（组诗）

064　农民工的生活（组诗）

077　卖猪肉日记（组诗）

辑三　清水虾的滋味

096　晒腊鱼

097　团圆饭

098　小鱼干

099　面团鼓起来了

100　这不怪我

101　小店墙上的标语

102　一盘清水虾

103　我看见虾在网里

104　沙滩浴场

106　秋后的金水河

107　月圆时刻

108　青枣

109　枣开始慢慢红

110　苹果树

111　孤独的橙子

112　走进一片油茶树林

辑四　人间情真

114　那些失去的永远不会回来
115　如果喜欢
116　收藏了一场雨
117　你要来时
118　等你
119　天晴了
120　树上的划痕
121　网
122　等雨
123　桃
124　寥寥几笔
125　两枝枯萎的花
126　在一株素心兰面前
127　树抱石
128　陪伴
129　大树，一定呐喊过
130　倒下的共享单车
131　八分山的眼睛树
132　大葫芦
134　雪，它来了
135　桃花它悄悄地开
137　春天你不要来

138　一片落叶

139　每一天

140　偶遇一群孩子

141　废墟

142　山顶上的鸟窝

143　山顶的围墙

144　地铁来了

145　皮影戏

146　病房里的靠椅

147　写在清明之前

148　在壁炉前看书

149　师父说要读一万本书

150　阳台上的牵牛花

151　我的花

152　风筝

153　在六月照见了自己

154　再遇池杉

156　百合花的凋谢

157　花瓶树

158　行走天涯的旧布

159　雨伞的自白

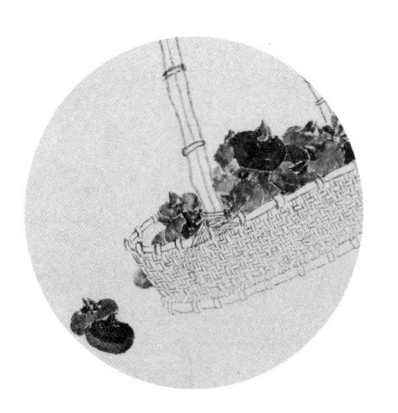

| 辑 一 |

春夏风物

年后

离乡的脚步匆匆
匆匆得没有声音
鸟在叫
从这枝飞向那枝
目送的人站在原地
一动不动

春与冬交替在时空
妈妈
我与你
重逢在日月星辰

春天从这里起航

周围都是败叶
是风吹来的
我在大树下面
捕捉遗漏的阳光

接连几天的春雨
滴滴答答
渗透一层又一层
边缘越来越薄

次日
用力掀开负重
奔向春天

苏醒的青苔

一场春雨
让附着在石头上的青苔
苏醒过来了
它悄悄地脱下深秋的伪装
一路奔跑

还是沿去年那条老路
贴着那些山石跑
雨一直追赶它
今年新鲜的雨水
躲也躲不过
就像冬天躲不过雪花的拥抱

情急之下
它换上了绿装

春，原来可以这样

昨日的雨在屋檐滴答
它是从远处来的
何时长了翅膀飞到池边的梅枝
雨的帷幕里有许多场景
它掀开一角
洞见了一个片段

无数朵新蕾
被风指挥着
如着魔般舞蹈
随春天的乐章起承转合

春，原来可以这样
一片烂漫
一地落红

一种花正在盛开

一种花正在盛开
一种花正在衰败

此起彼伏在初夏
我一会儿欣喜
一会儿失落

百合谢时,荷花红
花开时仿佛离我们很近
凋谢时却离得远
无声无息

五月下了一场雨
我伫立在霏霏细雨里
守望,另一种花开

金家湖有座绿房子

金家湖有的,我的家乡都没有
譬如绿房子
趁主人不在
藤蔓大胆地,翻山越岭去爱它
那座旧房子
空房子
它现在不空了
被春天包裹着
外观丰盈,生机盎然

久旱无雨
已是不易
我们不能要求它太多
故事一多,门口的野草就会被踩踏
走出一条路来

老屋也保不住了
会坍塌

柑橘树出墙了

柑橘树结满橘子后,爬出了墙
高高的柿子树也是
人们见怪不怪

这让我想起春天
那枝无辜的杏花

丝瓜藤沿着大水缸爬,爬成了人字形
农家小院顷刻有了书家风范
举起手机,想单独把大水缸放大

奇怪,丝瓜藤不见了
藤上的一条小丝瓜和几朵黄色丝瓜花
也不见了

大水缸好无辜

丝瓜藤明明就在身边，人字形
书家风范
黄色的花开得正艳

春天

雨中,世纪广场
只有我和两只八哥在草坪上停留
雨一直下
奢望脚步轻一点
靠近它们
似乎一点也不惧怕
在脚步渐渐逼近时,忽地振翅飞远了
慌神的是我,手机和伞差点滑进雨里

继续走
眼前还是平展青翠的草坪
像刚铺垫上去的油画
两只八哥没有飞回来,一个人在雨中
孤独与落寞散布在空旷的广场
比起往日的喧嚣
春,应该喜欢安静

回头望
草坪此刻吟唱的诗
应该是写给春天的

一个桃子

在众多树枝上,很难找到单个桃子
它们像人一样喜欢群居
三三两两,谈笑风生
日子一溜烟过去了,逍遥自在

总算找到几个不喜欢热闹,喜欢清静的
一截树枝上孤零零的一个
却没有孤高清冷之态
我是否窥见了自在

小桃子自然地转向有阳光的一面
像孩子的脸
开始微微泛红
阳光没有被遮挡,风也迎面而来
没有带来嘈杂的声响
小桃子长得像个顽童

桃子,就应该长得像顽童

芍药花开

人类竟然不顾芍药花的含羞之态
围着它转了又转
捕光逐影
丝网般网住了
它想象的翅膀

它想高声吟唱的那首诗
哽住了
那是写给春天的，纯白色的基调

一直都有路人经过
芍药花无处躲藏

这样纯白的茶花

我们来时,你开得正盛
你不知道我们要来
还是和昨天一个模样
没有摆出任何姿势
花瓣还是那么单薄
让我感觉你好冷,在山顶

那天没有太阳
你却还是那么开心地
迎接我们

花

花开瑰丽,花落无声
那些要表达的情感
在花蕊里流淌
蜜蜂,也许来过……

青苔

无意,将这面墙染成绿色
一次雨后,生命撒落在这里
细细密密的绿
争先恐后地表达
这小得不能再小的爱恋
不敢大声说出来
只好
等待下一次
大雨倾盆……

水草

甘愿在水底
听不见上面嘈杂的声音
浪来,我随浪摇晃
风来,我随风起舞
太阳透过水的影子,也能照耀我
月亮更愿意带着轻柔的晚风,抚摸我
虽说没有鱼做伴
有清澈的湖水,伴我左右
足矣

六月赏荷遇到风

好好的,起风了,裙袂飘飘
掀起了荷叶的背面
遮挡了艳丽的一部分
蓦然有了想象的空间
花的另一半,鲜艳的延伸……
努力勾勒一个完整的剧情,动人的结尾

风,时有时无
没有停下来
风一来,满塘的碧荷俯身写满了答卷
沙沙,沙沙
不经意掀开了掩藏的
六月盛开的莲花

六月茉莉香

一到六月,各种喜事突如其来
八塘村的热闹,荷花应接不暇
几个美女,又来几个美女
她们去鑫湖万亩荷塘边,与荷花比美
这一场比美赛
令竹架上的青葡萄发了酸

沉得住气的,还是那水中淡黄色的睡莲
有比它艳丽的红,有比它高贵的粉
它在其中啊,何其幸运

何其幸运,阳台上的茉莉花也开了
风送来一阵清香,落入两盏茶杯里
一天的时光,都浸在茉莉香中

六月画荷

听说要下一天雨
但，雨没有如期而至
无奈又在电脑前坐下
想想觉得心中有愧，看了这么多的荷花
却不能一一画出它的美来
花瓣、花蕊、花骨朵……
每画一笔都在颤抖，形似、神似
风吹来荷花荷叶的清香
如何把它们揉捏到色调里
小心翼翼

小心翼翼地，又来到荷塘

六月喜事

一晃已踏入了六月的门槛
一些事已尘埃落定
譬如百合花谢了
茉莉花开了,碗莲已冒出了小花蕾……

雨一直下,有太阳的日子少
可喜事还是不断,小舅妈康复出院了
门前栅栏里,架上的豆角结满了
表姐摘了满满一筐
丰收了,这不是小喜吗?
老天三天两头地下雨
小舅妈不用去菜园浇水了
这也是喜

人们常常津津乐道的喜
不止这些

六月西瓜熟了

六月西瓜熟了,像胀鼓鼓的气球
蒋老板笑了,老蒋老板也笑了
过了一个端午节,天气又正热
瓜在几天时间里都离家出走了
未见一个回返

没瓜的日子,父子无所事事
下盘棋吧
虽不计输赢,但要守住楚河汉界
决不能让卒子过河
丢车保帅的事还是会发生
楚汉两岸杀气腾腾
老蒋老板输了
是真输还是假输?没有人做证

他们的内心只关心西瓜,下一批西瓜
下一批的下一批

西瓜都离家出走

天气如今日，如此的好
路不泥泞

水葫芦花开了

水葫芦开淡紫色的花,鲜艳夺目
想不起别人说的,它的诸多害处
这淡淡浅浅的紫
单纯得找不出半点瑕疵
簇拥在荷叶下面
镜头里不见荷花
只见它

水没有留白,水葫芦填满了整个空间
水葫芦花开得艳丽,夏天它是主角
在这个荷塘

七月似火

七月似火,日子还得过
去菜市场,卖菜的卖猪肉的一个不少
去吃早餐,包子店蒸笼一个摞一个
没有少一层

高楼也没有少一层,安然矗立在太阳下
没有吭一声
街道两旁的樟树屏住气,强撑着
号令每一片树叶,合成浓荫

人从树下经过
一团浓荫接着一团浓荫……
继续向前,阴凉往后退

又走进炫目的光晕里
不能后退

七月,怎一个"热"字了得

屋内是蒸笼,屋外是火炉
无论是待在家里,还是走出去
都逃不脱"热"的爱恋
太火热了,七月这情人

只有逃
跳进水里或者逃往深山
藏匿
有人喊你的名字,不必理会
学书里的主人公逃婚
躲进山洞
几日,几十日,几个月……
喝山泉水,采野果
有人喊"野人"

这是逃婚,喜剧性的
守在家里的

她本着无所畏惧的勇气,冲进厨房
突然联想到"英雄"一词

不要去餐馆吃饭
大厨都放假了,我下的通知

七月的宁静

躲进深山唯一的缺憾是
没有信号
手机好无辜,无缘无故失宠了
千里迢迢的,跟谁诉说

在家里每天被人捧在手心的日子
不再
一切都变了
她们眼里只有野猪肉、水蜜桃、绿茶

绿茶吊在高处,踮起脚去取
开启一天的慢生活
哦,原来星星、月亮就在头顶
虫鸣蛐蛐叫,风来树影动

手机没有动静,它需要休息

再见八月

从酷热里一路走来的八月
要离开了
乘着清凉的风

太阳花一直在开
开艳丽的花
西瓜不再走俏
月色多么美好
瓜地静悄悄

前天下了一阵雨
是给九月的见面礼吧

没雨水的八月酷热煎熬
稻谷在田野里咬牙坚持,再坚持
等待收割
算是给八月交了份答卷

交完答卷
一群人离开了旷野、堤岸、抽水泵
跟八月说再见

远的,我去过嘉陵江

我不想写诗,我想去看看那些河流
远行的地方不多
最远去过重庆
看过嘉陵江,波光粼粼
见过它两岸的灯火,灯火辉煌

我现在只惦记那条江水
它去了远方

竟有人调侃说河床上可以建房
裸露的泥石好心酸,无言以对
没有雨,它只能在原地

在有星星月亮的夜晚
祈盼有一天
江水回返带走它

处暑起风了

气温降了,风也来了
幸福来得好突然
人们跑到屋外
迎接远客
风历经千辛万苦,翻过后面那座山
沾满了野草的芬芳

动身前的毅然决然
没一丝痕迹

呼呼,呼呼
风,述说途中的经历,像孩子的哭声
夜深人静才慢慢平息

风进入了梦乡
三更鼓响,小心火烛

三角梅开得正艳

车窗外的三角梅开得艳丽
一晃一晃
视线舍不得移开
它们在路中央站成一支迎宾队
好隆重

这个城市真好客

三角梅喜干,喜阳光,喜赞叹
车继续往前开,美丽往后退
红艳艳变模糊了
用什么办法把它们留住
目光拉长

城市,还是离开了
三角梅站长长的队
目送

像春天的布景

路过城市的秋天
三角梅开得正艳

中午下过一场雨

中午刚躺下,就听见窗外有雨声
雨真的在下,不是很热情
淅淅沥沥的,像个极不情愿的恋人

粗犷一点,奔放一些
像个北方的汉子好不好
痛痛快快地表达一次

南方的雨,失了耐性
南方的佳人,撑着油纸伞走过石拱桥
雨就停了
一曲南方小调弹奏了一会儿
雨就住了

空调继续吹,抽水机继续抽
江水继续退
一些真相被埋入淤泥

几朵牵牛花

几朵牵牛花
怎样在雨中娇羞都不为过

穿过枝枝蔓蔓
漫不经心地
爬出花坛的围笼
悄然张开笑靥,探寻着周围
哪里有鸣笛,哪里有回头一望的眼神

之前闷热冷清的日子太长
幸亏下了场雨

雨不长记性

雨下了好几天了,一点都不长记性
不知道累,不晓得停歇
花苗、菜苗快被灌死了
它们太小了
根还没在泥土里扎稳,扎深

对于树
对于枣树
对于石榴树来说
这点风雨不算什么
花期,正好躲过了梅雨季

雨,对于果
对于压满枝头的枣或者石榴
还有柑橘之类的

想说的
一直倾泻
在干旱之后的日子里

对雨的思考超过了雨本身

池塘的水满得溢了出来
淹了路面
淹了围栏
连日雨水不停,山水也飞流直下
池塘承受不了太多,承受不了

我来时,雨暂时住了
池塘边的路还是有积水
有时候不得不折返

我的菜园,还有邻近的菜园
都遭殃了
怎么跟他人描绘
黄瓜番茄落了,西瓜烂在地里
连薯尖苋菜也被淋死了……

卖菜的嫂子们发愁地,你一言我一语

唠叨，叹息
我不由自主地应答
生意惨淡，门可罗雀
又遇多日大雨
实在苦厄

等待雨停的日子
磨磨镰刀
割草用

辑二

劳动者之歌

老篾匠

选几年的竹子
选多粗的竹子
一切交给一把斧头
后来的命运
交给一把篾刀
交给一双粗糙的手
纵横交错
一路前行
一路留下许多遗憾和疏漏

老人家一直坐在院落里
不停编篾
编出圆满

晒渔网

三天打鱼,两天晒网
渔网不得不晒,没有太阳也晒
除非,没有去打鱼
除非,没有鱼可打
除非,鱼儿自己爬上岸来

网不必织
木梭也不必左右穿梭
上下翻飞
我也不必要奶奶教我织渔网

我和奶奶就在墙脚下
晒晒太阳

供电工人

八月继续热
太阳,除了发光发热
不会来点新花样
譬如下点冰雹,来场暴雨
雷鸣电闪什么的

西瓜继续走俏,绿豆汤没停
高压锅每天要工作,他每天要出门
保障电力供应
保证空调的凉风
吹拂在人们心田
自己却没时间在空调房里
停顿

天上的星星还在就出了门
月亮带路才回来
今年年终
我要给你戴上一朵小红花

西瓜苗排好队

梅香浮动,西瓜苗排好队
伸展双翅来赴梅花之约

瓜苗附近,铁锹累了
靠在泥沟
待瓢泼大雨来袭
也想与雨水一起逃走

远处,梅花暗香浮动
在阳光里,在暮色里
细雨中
薄雾、薄膜混淆不清
紧贴在宽广无边的瓜地
感知春天
种瓜人眼眶湿润,眼中只有一片瓜海
夜如月光般宁静
安抚种瓜人焦虑的发丝

晨光熹微

瓜苗长势喜人

春天的风托起风筝

越过门前的小山岗

丰收节

是要办一个像模像样的丰收节

还没开始表扬
秋天就送来了一面面金黄的奖状
橙黄橘绿
硕果累累
流水曾滋养了它们
给流水发个奖杯吧
不管是河流
还是水库、池塘、沟壑……
不管流向何方
不管它们是否回返
在丰收节那一天
定要谱上一曲水的乐章
像首咏叹调
由激烈高昂,到低缓深沉
结尾处,再无起伏

像条直线

丰收节那天
无须很多人围观
无须美颜
亮丽的色彩
迎面而来

清洁工（组诗）

迎春花

雨天的路面有点黏糊
东西掉在路上
有点离不开地面的样子
像雨天的恋情
一拍即合
落叶和枯枝，一些纸屑
包括不显山不露水的尘埃……
都变得沉甸甸的，有分量

扫帚挥得相当卖力
用尽力气收拢它们
固执的附着物
固守在大树下、热闹的街面
她们也固守这里，不管晴天雨天

只有在雨天,让我看清她们
头戴金黄色的尖尖帽
在人群中特别靓丽抢眼
像朵花
像朵迎春花
开在人来人往、川流不息的街道闹市
在雨中灿烂

下雨

下雨也得早起
戴上斗笠
穿上雨衣雨裤
整装出发,迎接大雨的洗礼
自己或是路面的尘埃

浅沟里的沉积物,哗啦哗啦
被雨水冲刷
或被枝丫、污浊物堵塞

扫帚和铁锹不得不联合起来疏通
通，则不痛
城市也发出这样的声音

雨中的人们脚步匆匆，赶路的赶路
无人注意到她们，橘黄色的她们
注意力在目力所及的地面
埋头清理大雨带来的一切
晴日里开心快乐后的残留
或不愿意倾诉的滞留物
或随手丢弃的心意
都是被大风大雨，从高处冲刷而来的

再擦洗一次

南门及池塘边是擦过一遍的
还是不够洁净，不够……

再擦洗一次

她们再来时确实一尘不染，如一尘不染的心灵
是垃圾桶太旧了
如覆盖了一层污浊物，灰蒙蒙的
像今天灰蒙蒙的天气，像是要下雨

下雨就让它痛痛快快下吧
正好给这些个立着的
呆萌的卫士们冲个澡

坐在门槛上
看雨帘笼罩的树影
在风中摇曳

周末

没有休息日
周六和周日的到来
与平日里每一个清晨和傍晚没有两样
只是有时刮风

打雷下雨的日子少
春天打雷,山里会长地皮菜
黑黑的,软软的
难看是难看,却是真正的天然野菜

她们也不关注这些
落叶多时
从路那边吹到路这边
从樟树下潜行到松树下
是偷袭或者占领
现在好啦
松树下只有松针像雪花样躺着,安安静静地
不多不少
樟树也安静了
春天刚来时有些躁动
纷纷扬扬
抖落一地的老叶
现在好啦
轻轻松松地上路,快速成长

这些秘密
只有没有节假日的环卫工人知道

香樟的叶儿

她们清楚
这个时节香樟树的叶儿
在空中的舞蹈
该结束了
我忘了问
是戛然而止
还是随着跳动的音符
缓缓停下，慢慢落下帷幕
不得而知
反正现在上场的是群魔乱舞的枯树枝

香樟的小枝儿
起风下雨的时候
横七竖八地躺了一地

这姿态无人留意
摄影师们更不会注意脚下的
这些个劳什子
踩到时咯吱咯吱地响
这枯死的心
脆弱得很

还是她，她们
像天使降临
手拿长长的扫帚
在黎明来临之前
收拾好一切
并安顿好这些枯枝败叶
十年如一日
飘落什么，收拾什么

清晨

收工了
看见清晨的阳光铺洒过来
照射着干净的大路,花园似的小区
安静祥和的福利院,大树掩映的池塘
亭榭回廊……
肩上的负重越来越轻
轻得让你感觉不到
它们的存在,扫帚和撮箕
及其他……

注意力都在沙沙的挥扫声中
不知不觉
从黑暗中一步一步走向光明
最先迎接黎明的
是她们
还有很多身影从身旁掠过
包括早起的飞鸟

紧握工具收放自如
清扫昨日夕阳的余晖
及月光下的残留
那么彻底
为了迎接一切美好事物的到来

天明后的人们看见朝阳的愉悦
也感染着她们
步履越来越轻盈
轻盈得像风，像飘忽的落叶
像香樟飘落的花朵，星星点点
余香萦绕

这个清晨，不一样的清晨

初夏

劳动完后
一根弦松懈下来，瘫软地坐在石凳上

歇歇，扫帚靠着撮箕也安逸
静观人来人往
走在自己刚刚清扫的路面
宽广而整洁
前方似乎一片光明
拐弯处绿荫如盖的树，早已变换节奏
不觉到了初夏

日子

伸开右手臂收拢枯枝败叶
在十五年时光里
这样的一个动作重复了无数次
拂扫阳光下的尘埃，或者风带来的
虚无的烦忧

扫啊扫
不紧不慢地扫，四季变换着扫
日子不紧不慢地飘落，飘飘落落

落叶飞舞着像变魔术,由黄到绿
由彩色到黑白
它们见证了
时间
在干净明亮宽敞的大路上流淌
流水般,哗啦哗啦

大地被冲刷了一遍
昨晚是否下过一场雨
天亮了
路,愈来愈敞亮

雨后的瓜地（组诗）

雨后的瓜地

烂在菜地里的香瓜
无声地叹息
我路过时，它没透露一点风声
譬如女主人骂骂咧咧的语气
骂瓜种子太贵，施了多少饼肥
骂那鬼天气
骂雨水太大，水流太急
和着抽烟后的咳嗽声
男主人倒没说什么
用铁锹不停地清理淤泥

更没透露半点痛苦经历，经受的风雨雷电
狂风的摧残
在污水急流中挣扎，呛了几口水
曾在黑夜里沉浮……

有微弱的呼救声
整个地里的香瓜都平静地
保持着与汛期前差不多的姿态
只是糊了满脸泥巴

暴雨过后的向日葵

暴雨过后喘气的间隙,天亮了
风旋转似的逃了,满地的向日葵倒了
扑倒在泥泞的水凼里

也有倔强的,仰着头颅
只是弯了腰
它们还有挺直的可能
只要扶一扶
都可以站起来
谁都不想跪在泥泞里
特别是向日葵
这种喜欢阳光的植物

暴雨过后的鱼塘

大暴雨之后
池塘里的鱼都跑了

水流湍急,风大浪大
冲昏了头,许多鱼随水流出了池塘
漫过田野,漫过秧田
漫无目的随大流,窜到水沟
水草缠绕,荷叶莲花的聚集地
打着漩儿,才缓缓地停顿下来

雨停时,鱼儿们还留存有最后一丝力气
探探头
回望一下自己的家园,模糊而熟悉的轮廓
白茫茫一片,混沌不清
更没有看见主人熟悉的身影

没有
什么也没有

这时候风也停了,天特别亮
太阳像是要出来了

雨后的玉米地

天气晴好了两天
这被暴雨和狂风摧残过的
东倒西歪的玉米怎么样了?

这样美的姿势,是跳舞的动作
若不是风,平时无论如何也比画不出来
慢四、华尔兹、探戈……
有点像音乐节奏响起
摩肩接踵、直挺卧倒
是健美动作的韵律

鲜少有人欣赏、领略到
苦中作乐的
田地里的
玉米的独白

农民工的生活（组诗）

农民工的钱都湿透了

早起，早起已成习惯
匆匆赶往工地
挥洒热汗的地方
戴上安全帽
进入角色

今天的事不能拖到明天
老板总是这样说
不能停歇
哪怕片刻

气温不高，37度
室外骄阳，手抬钢管
脚站稳，来来回回
衣衫湿透了
拿回来的钱，也湿透了

农民工站在高处

在太阳下,脚手架上
五米、十米
二十米处拆模板
传递材料
传递,美好未来的一砖一瓦

蓝天白云在考验
70后、80后的平衡力
他们站得稳,在天地间

汗,打湿了眼睑
流下来的
是盐的味道
是生活的味道

农民工的水杯

去买最大的水杯
出门前,跟妻子交代又交代
2000毫升最大
他还嫌小

一天日照太长
植物小声地说

建设者之歌

七月,骄阳似火的武汉
农民工在挑梁之上
拆顶托　拆方木　撬模板
一点点显露出新房的轮廓
轮廓清晰,不染一点尘埃

一座座大楼

就这样在他们汗湿的背影中
矗立

夏天日记（一）

空旷的建筑工地
中午找到一片小树林纳凉
如同干渴的人，找到一汪清泉

太阳，太阳不听使唤了
无论我在哪个角落
它都能透过树枝叶缝，投射过来
躲也躲不过

太阳，你何时休息片刻
陪同我
梦中的大楼，越来越清晰

夏天日记（二）

有人又去工地了
4点起床，5点出发
夕阳西下，8点回家
饭菜都凉了
月亮迎他出门
星星带他回家

一身臭汗，还带回一阵热气
城市里的热气，让妻子安心的热气
弥漫在整个屋子

太阳总算找不着我了

得知今天在地下室干活，心花怒放
火热的太阳总算找不着我了
安心地钉板子，放拉杆
运钢管，一根一根

这头是我,那头是工友
钢管与钢管之间,卡子把它们牢牢地卡住
把我与这个世界紧紧连接在一起
亲密无间
待混凝土倾泻进来
凝结后的力量,足以承载
未来一切美好

过生日

盼啊盼,生日终于到了
人在异乡,谁为我庆祝?
不去想小时候
早晨的长寿面,香喷喷的
不去想
卧在里面的,圆圆的鸡蛋

一定得告诉家里人,今天是我生日
我的妻子,我的孩子

无论我走到哪里，他们是我最亲的人

音信杳无，杳无
这个词，这个时候用
最恰当不过
没有起风，也没下雨
天空飘来一丝凉意

该上班还得去上班
到了晚上，还是没有动静
没有酒喝
等啊等
等儿子的祝福
睡着了

小狗乐乐

工地完工了，总算回了家
家是温暖的窝，有温暖的被窝

都这样说

我家不错
三个人　三间房　三台电脑
里面有开心的段子，哧哧一笑
没把心酸笑出来

家里最开心的是它，乐乐
一条小狗
我一回家就围着我转
我骑车走环山公路，它陪着我

它跑啊跑
路边的野花开心地笑了
我也笑了

下雨了
乐乐紧紧跟随我

想着家乡的荷香

一个在工地
一个在家乡
春节后出门
新年才回家

家里的妻子
除了工作,还是工作
怕停下来,停下来的闲暇
陡生许多烦扰

在外面的老公
除了工作,还是工作
不敢离开工地半步
不管晴天,还是雨天
教学楼要赶工期
炎热的8月要交工
孩子们等待的9月,是崭新的
里面藏着许多美好

老板的批示,是夏日里的清凉
几天的假期不长,也足以慰藉心灵
夏日滚烫的热浪,阻挡不了回家
急切的脚步

想着家乡的荷香
无法进入梦乡

我想喝酒

不能问起我的婚姻
问起这个,我想喝酒
二锅头有吗?没有菜
盘子里有几粒花生米

没有倾诉的对象,酒成了唯一的知己
出门两个多月,家里没来一个电话
哦!来了一个
儿子的,他的钱用完了

再后来
天,没有下雨
沉默的妻子,没有只言片语

吃鸡记

不记得多少天没吃肉了
今天食堂烧了只鸡
感觉没熟透
忍不住还是吃了,喝了冰啤酒
畅快,与老板客套
今年天气好,少雨

下午,是下午
突觉不适,呕吐
那只鸡在作怪
大热天里　虚脱了

千里之外,我想妈了

九十多岁的人还关心
我这个秋葫芦
有妈的孩子是个宝
可是,老人家不在了
唯一疼我的人,走了

我要回去,回到我的小村湾
夏天不热,冬天不冷
秋天去屋后面的小树林

有温暖的阳光斜射进来
枫叶正红

那年修郑州东站

三年前在北方
修郑州高铁东站
白天干活,晚上打麻将
麻将是魔方

忘了家乡
忘了烦扰
困了，累了
倒头就睡

推倒重来，希望总在下一盘
和了，没和成
反反复复，日子就这样不知不觉
在晴天、雨天里流淌

再途经郑州
找不回曾经挥洒的热汗
及那诱人的麻将声

卖猪肉日记(组诗)

一

今天是端午节过后的第一天
除了五花肉外,什么肉都有
包括腰花
老板切腰花的功夫真是了得
那刀像是在芒果上划十字格

来买肉的,漂亮的嫂子居多
笑盈盈的
走亲戚的,访朋友的

夫妻俩一直忙
从凌晨1点多起床
到太阳老高了
才发现还没吃早餐
一边啃着馒头,一边盯着过路的熟人吆喝

称点肉回去嚟

昨天半头猪嫌少,今天一头猪嫌多
没有一天是刚刚好

二

今天摊位上增加了饺子皮、馄饨皮
买好前夹缝肉,去街对面老婆婆那里
买把韭菜,一锅饺子成了
夸吧!这家卖肉的越来越贴心
别人喜等同自己喜

随着时间的推移
摊位上的肉变得稀少
不敢说生意红火
此时阳光也来光临,胖老板见状
旋即撑起大大的太阳伞
门楣下晴天变阴天

新鲜的事物

在持续

三

天气热,快割点纯瘦肉

太热了,来称一个猪脚

天热……

猪肉能解暑?

人们在猪肉摊前,没有提其他的

也没有提冰镇啤酒、饮料之类

除了诗人,他们思维跳跃

很快联想到,从锅里盛起一大碗香喷喷的汤

沉沉摆上桌

亲人团聚是主题,那些冰镇的

也来助兴

四

今天没有什么特别的
除了 7 点之前有个小高潮
8 点之前有个大高潮外
境况如旧
一时来顾客,一时不来

小黑狗总是在这个点,来寻碎骨头吃
案板底下
胖老板对此习以为常,不予理睬
嚓!嚓!开始磨刀
为明天的生计
小黑狗还在低头寻骨头

五

周末的生意,不见得比平时好
一到周末人都跑了

农家乐、美丽村湾游
它们魅力大
明知这个理,开店门的声音还是准点响起
左边的包子店
右边的电动车店
一样响起开门声
或早或晚

六

胖老板今天脸盘儿变大了
大肚却瘦了一圈
没敢问,见面寒暄言其他

做生意靠吆喝
吆喝！今天牙疼,猪肉便宜卖
前夹缝肉卖13的,12卖
早点收摊去拔牙
下句有人接:你天天牙疼

再没有人往下接
一颗牙的命运,无意与猪肉联系在一起
牙齿拔了,每天还得卖猪肉

胖老板会心一笑
其实是哭笑不得

七

儿子高考歇业了几天
这几天中考,是别人的儿子在考试
让别人紧张去
胖老板只关心别人家里的肉吃完了没
吃完了定会来,左瞧瞧右瞧瞧
总会带点什么走

还有的人,是为表达感情而来的
一只猪脚就够
只是前脚与后脚表达的感情

不一样

有的人搞不懂

八

春天的青菜和猪肉的价格差不多
你说幸福不幸福
不过这几天猪肉有涨价的迹象
进价涨了一丢丢
胖老板没涨多少,所以
他这里每天早晨围满了人
看热闹的少,买的人多

猪肉要涨价,胖老板比谁都担心
表面上看不出来

九

今天落雨,称点肉包饺子吃
来人说
割前夹缝比五花肉好,这个理不用胖老板说

可有的人只爱五花肉包的饺子
且只爱韭菜馅的

天冷没有韭菜时,宁可不吃饺子
一直等,等着春天再来

十

自从猪肉涨价后,胖老板不敢多进猪肉
平时一头,现在半头
不光这样,还歇业了两天
害得一些顾客天天找他
唉,他还是有吸引人的地方

不是他，是他家的猪肉

猪肉特别，哪里特别
人们说不出一二三来
在锅里、在碗里、在嘴里
在心里

就是说不出来

十一

是哪根筋搭错了，火气直往上冲
胖老板把一块排骨朝街面
用力摔了出去
今天气氛不对头

这几天气温太高，人人都想冒火
他媳妇也想冒，但硬是摁住了
一股向上的烟

就这样生生地缩了回去

一阵凉风吹过
那块骨头呢
会不会自己回来?

十二

上次那个没带手机的人
猪脚钱给了没?
昨天的昨天
猪脚汤喝完已好几天了吧
认不认识他?

不认识

不认识,让他把猪脚拿走了
嗯
现在,谁还会差买肉的钱

太阳爬上了电线杆,该收摊就收摊
明天继续迎着月亮,早起

十三

店里有三轮车、水桶
绞肉机、挂钩……
再没什么大物件了
怕下雨,雨伞应该有
怕变天,外套备了一件

来人目光四处扫描,要找的是个大块头
必备的大件
胖老板店里恰恰没有,一个卖猪肉的店里
竟然没有一台冰柜

有意不置办的,他们每天来买的
都是我一早拖回来,新鲜的猪肉

他们是谁?
我也在其中

十四

在这里坐着干吗呢?
卖苕啊
卖苕可以
一问一答好顺溜
顾客在相互调侃,调侃得忒自然

有的就是来店里聊聊天、吹吹牛的
有的特意来看热闹
见胖老板猪肉卖得快
真开心
他老婆、他小姨子、他爸妈
没事就来店里坐坐
这里热闹

老人家爱热闹,怕冷清
等我老了,也会这样?

十五

女人们逛菜市场的时间大多在清晨
新的发现一般在清晨,时不时有亮眼睛的
从田野扯来的带着露珠的青菜
新鲜的猪肉还冒着热气
哪是仔排
哪是大排小排
配上这样一篮子新鲜蔬菜

主妇在厨房忙,热得出一身汗
捧出自己的心端上桌
有人还是一脸不满,与咸淡不相干

带露珠的青菜
亮眼睛的喜悦

仔排冒着热气……
夏日凉爽的清晨,日复一日
日复一日地重复着

十六

两只鸭子（22元）
几多钱啊?
不要!不要!
称一点肉还搭两只鸭子
不敢!不敢!
这像是台词

混进了邻居街坊
与他们一样起早贪黑
吃苦流汗

巴啦巴啦被当家的吼
巴啦巴啦被当家的宠

巴啦巴啦肉卖完了

有人预订的板油忘了留
对不住二叔啊,明天一定

生意太火,也有记性不好的时候

十七

昨天猪肉都卖完了,只剩下一对猪腰子
今天也差不多卖干净了,只剩一溜猪肝
猪肝在铁钩上有点不好意思

往日最先被人看中
今日何故落魄了
水灵还是那么水灵
色泽也不错

它很想喊出来,我在这里

在铁钩上
快放我下来

十八

听说卖猪肉一年利润可观
那要去学
学分解，学割肉
学砍大骨头
扬起大刀，小蛮腰小手臂
也可以扬起大刀

骨头小声说
来吧
别娇气

这些是可以学的，有些
有的人学不来

譬如

顾客今天心情不好，挑剔

你得幽默应对

譬如要两根肋骨，你刀一滑

砍下来三根

多一根骨头回不去了，你得用轻柔的语气词

像春天的风，令人陶醉的风

来化解

辑三

清水虾的滋味

晒腊鱼

四条鱼,晾晒的姿势似乎与众不同
相比楼上高高挂起的那些
仿佛仍旧在宽广的湖泊
仰头露出水面,自由自在地
起伏在农家宽敞的院落
想怎样伸展
就怎样伸展
腾跃也行

天很高,树枝很矮

团圆饭

瑞雪在下,过年的乐曲奏响了
火车站人头攒动,摩肩接踵
回家的行李箱匆匆滚动
妈妈的饺子包好了
厨房里飘来鱼汤香
这熟悉的味道
在周遭来回窜动
悄然安抚着一颗游子的心

待团圆酒满上
储存了整整一年的祝福话,旋即涌出

迎春模式同时开启

小鱼干

小鱼干在阳台上
在簸箕里乖乖地,静静地
任凭时间流淌
一会就要离开,这里不是旅行的终点
它们会随着快递员的身影
奔赴真正的目的地

它们身上停留着梁子湖阳光的温度
隐藏着梁子湖湖水的深度
冬天的光线,丈量不了母爱
起风了,鱼儿搅起涟漪
在风浪里

快划桨

面团鼓起来了

天将近黑了,忙进厨房
侍弄我的美食
发面的盆子放在一旁
一时间,忘了那里有一群生命在疯长
面粉彻底改变了模样,加了水之后
它鼓起脸蛋用力呼叫我
循着空气中四处弥漫的麦香
找到了

它还在继续发酵
没有停止

我和房间里横七竖八之物都醉了
眼睛也蒙眬了
不知不觉
拜倒在面团的魔力之下

这不怪我

壶里的水反复在烧
开了,又开
这不怪我
我是被诗集里的文字吸引
吸引到小树林,到草原
到坟墓
视线一刻也没有离开那些句子
那些句子在自言自语……

雨停了,外面传来火车的声响
一点都不内敛
这不怪它,是夜太静了

小店墙上的标语

一边等酸菜鱼起锅,一边抬头看墙
无心看它
一面墙上,画的是清新淡雅的事物
像春天岸边飘荡的杨柳
明明看见了,病人家属却面无表情
将这些都忽视

鱼多酸菜少
它们在小锅里相互碰撞融合,溢出酸酸的味道
从来没有溢出过苦味

临走,抬头再看一眼墙上的标语
最后还是忘了告诉他
春天在那面墙上,医院北门

一盘清水虾

"鱼米香酒楼"端上来一盘清水虾
激活了一桌人的味蕾
没有人知道它来自哪里
但静默的法泗闸知道
宽阔的金水河知道
向金水河伸出触角的斧头湖也知道

上岸了,几个渔民
从小船里搬上几筐虾,虾瞅瞅陌生人
有些许不安
其他的没有什么特别

思绪被拉回餐桌
嘴里却是一股清流,这才是虾的味道
人们要寻的,终于找到了

我看见虾在网里

在法泗,在金水河畔
我看见虾在网里
三个竖起的网兜浸在水里
河虾何故进来好多?
猜想网兜里放了诱饵
这些经不起诱惑的虾,正拼命地往上爬
掉下来后,顾不得休整继续往上爬
一心向往网外的世界

网外那一片宽广的水面宁静如镜
今日无风
我在这些虾面前站了许久
接了一个电话,说了些与虾不相干的话
无能为力,走开了

沙滩浴场

阳光醉还是酒醉?
以为到了海边,却没有海鸥
这里是蜜泉湖
海岸线旁的沙滩,棕榈树高高的
我背靠着树,逆光之下
树与我融为一体
陡然看见自己的渺小

钟声响起
大平湖的水涨了三寸
八大泉眼
流淌的水是蜜
吹来的风是蜜
我靠在棕榈树上
夕阳和沙滩都醉了

宝钟"唰"的一道金光

无影无踪了
大平湖变成蜜泉湖
我还是我,靠在棕榈树上
越来越渺小

秋后的金水河

远看像一个大汤碗
只剩碗底一点清水,很快
河底的秘密就要揭晓
那些藏得深的,再也藏不住了

迎面走来的渔民说,河底
好多乌鳢

河底的乌鳢与我一样
心里说不出的滋味
希望剧情骤然反转
未来持续没雨的日子,不至于乱了阵脚
起起伏伏

乌鳢在河水里打滚

月圆时刻

月圆时刻
山高水长,团圆是梦想

院落里
一块月饼掰两半,一半我们吃
一半等着你们回来吃
月饼不怕放凉

月饼愿意等
圆月也陪着等

青枣

其实这就是我
本来的面目
青青的,小小的
没有压弯枝头
也没有通红的色泽,诱人的香味
来吸引人的注意

那些摆在柜台里的红枣
不是我

枣开始慢慢红

八月最盼望的是一场雨
一阵风,一阵阵风
屋后的枣树,慢慢低下头
仿佛有了心思

向龟裂的稻田倾诉
禾苗离不开水
鱼儿也是

不下雨,向江河湖泊要
抽水抗旱的人在荒野
一直不下雨,一直没回家
蚊虫飞舞,抽水泵隆隆作响
分不清嗡嗡　隆隆

家里的枣树慢慢红,慢慢等
等一场大雨

苹果树

苹果摘走了
只剩下叶子在阳光下静默
往日的喧闹已成云烟
从冬到春,只为那一刻
像一位老者
经历了风雨,安然归来
在阳光下小憩

孤独的橙子

哭的时候,是在夜晚

夜晚有月光,怕月光探见

还好,有两片落叶做伴

早晨的太阳

有意无意地照射过来

不是痛,是说不出的滋味

它们都在树上,唯独你掉了下来

走进一片油茶树林

走进一片油茶树林,它们还在开花
怎样透过一朵花拍摄出春天的感觉
她们在摆弄姿势,逆光还是顺光
极个别的茶花还在支撑
枯萎的花瓣随意散落
风没有来
梳妆

这让我想起白花花的棉花、野栀子花
一阵风吹来,好一阵清香
栀子花开花之后结果
结果之后可以染色
色彩斑斓,缤纷五洲
眼前的茶花也是要结果的
也要去经过百般锤炼
万般挤压

| 辑四 |

人间情真

那些失去的永远不会回来

那些失去的永远不会回来
如那辆没有赶上的列车
鲜艳的花朵,不是去年开的那一朵
喜欢的那个人,再也没有回来
寒风中,列车独自返回

追忆
可流水带走了一切
夏的雨,还在无休无止地下

天黑了
谁会看这首诗

如果喜欢

如果你喜欢一朵花
你就拼命浇水
直到它盛开

如果你喜欢一块石头
你就悉心珍藏
直到它展现岁月的厚重

如果你喜欢一本书
你就天天与里面的人物对话
直到主人公从书里走出来怒吼

放下书
跑向原野,对天上的星星痴迷
梦想摘下来,抱着入眠

那颗星躲在云层里不见了

收藏了一场雨

有人收藏金银古币
我收藏了一场雨,它来得猛烈
旋即又离开,像一场恋爱
轰轰烈烈的
大雨正在下时
我环抱入怀

后来,没有下一滴雨
太阳高悬于空中

我时时回放那场雨,在清晨
在深夜里
雨打着屋檐,噼里啪啦地响

一种爱也在涓涓流淌
我原谅了
雨走得匆忙,泪眼迷蒙

你要来时

你要来时,阳台上的花草有点紧张
活下来的样子
有点狼狈
雨没有来,拿什么洗脸梳妆
换件花裙子
却没有一双水晶鞋

你要来了
阳台上的花草下定了决心
不见你
伸出的幼苗,缩回到花盆里
等雨

你要来时,无雨

等你

搭一间草屋
邀春风做伴
看春雨漫过河堤,又退去

藤蔓缠绕
山花烂漫
夕阳不舍山岗
疯长的草
收了一茬又一茬

雪,在黑夜敲打着窗檐
白皑皑的,堵住了大门
一封来信,迟迟没有到达

泡一杯淡茶
等那朵莲花悄然盛开
划向池塘的春
期盼着一场大雨

天晴了

五月的天
梅雨下着下着,不知道停
你总算来看我了
心里稍稍有些许安慰

雨后的空气有些凉
路有些滑
我不得不扶着墙走路
看见远山那一抹朝霞
朝霞在嘲笑我吗?
我如此虚弱
不,我很有力气
我要奔跑,追赶那云霞

树上的划痕

这么多伤,不敢说痛
谁留下的,也不敢吱声
默默地结疤

你来了,正好撞见

网

乱成一团的网
认真地清理着
鱼儿哪里知道，我的心思
只有这网知道

等雨

别等雨,越等越不来
盘好腿,闭目凝神
听,外面的太阳开始焦躁
爱理不理

继续端坐放松
忘记你的兰花指
音乐响起,伴着哗啦啦的水声
水跳起舞来
花儿也在跳
孩童大呼小叫喊"妈妈"

雨,爱来不来

桃

风干了
一个小桃
像心形

皱巴着,憔悴了
早已失去了青春的光彩
它固执地等另一个桃子落下

它早已失去了水分
却无法将它的皮和核分开

寥寥几笔

总想寥寥几笔画下你的笑
嘴角边那朵祥云
醉人的风景
河对岸翠绿的山峰
竹林里传来你的歌声,天籁之音
无法把喜悦,临帖描摹
沿着无边无岸的河流,追寻
远远传来的鸟鸣声,时有时无

停顿在空中的笔,被风吹走
哦,雨来了
是幻影,雾层层
我无法简约地勾勒
那至真至纯的爱情

两枝枯萎的花

想象一下，那淡紫色的芬芳
散发在整个房间
驱散了，那些道不明的沉闷
无人处的枯燥
在一起的日子多么欢快、鲜亮
像倒映在春光里

青春已逝
它们依然守候在一起
以枯萎的姿势

在一株素心兰面前

一股山野之风袭来
站在一株素心兰面前的人,定了定神
假装淡定

此刻多么富足
在一株素心兰面前突然说不出话来
词语凌乱

多么需要一株素心兰滋养
而素心兰弱不禁风
且单薄

树抱石

飞鸟越过山岗,一粒种子误落石缝
一滴无根之水让种子无意发了芽

树的根就这样扎下,生命来自意外
森林是无数个意外
不能笔直向下的根须裸露于风雨
受螃蟹横向行走的启发,绕过向上的天空
回到巨石身边

紧紧环抱,不离不弃

陪伴

无意中的陪伴,家里的小摆设
这个和那个放在一起
视觉上,光和影的和谐
是不是它们之间有过交流?
线条与色彩互相包容
看起来,天生一对

一直,静止
静止中的欢愉
一点一点溢出

大树,一定呐喊过

一棵大树倒下了
横在路中间
是被风刮的,有人猜测
之前下过一场雨

我路过时,发现树桩是空的
静悄悄的
侵略者已经走了

大树,一定呐喊过
只是没有人听见

倒下的共享单车

自从倒下
就没被人扶起过

我路过
也没扶

回头望了望
后悔
自己该扶起它们

究竟是什么原因
倒下的
是风做的，还是人为？

八分山的眼睛树

眼睛树用一只眼看世界
知道晨光从哪边来
月光什么时候隐去
慈云寺的钟声什么时候回荡在山间
彼岸花凋谢之后
野菊花会开
野菊花开时
枫叶就黄了……

一群人来了
一群人离开了
眼睛树用一只眼睛迎接
用一只眼睛目送

大葫芦

新摘的葫芦有点大
站在它面前,突然不想说话了
说,也只说与葫芦无关的话
比如今年的天气,撇开旱情

要谈,也只谈论江河
雨水
雨水就不提了

要提,就提一下葫芦的主人
"我家的地",一群年轻人
朝气蓬勃

所有的葫芦都应该长成这个样子
不关天气的事
所有的孩子,大人们不应该干涉
让他们去田野里奔跑,大呼小叫

不关大人的事

像个葫芦一样

雪,它来了

拉开窗帘,一片雪白
哇!我手舞足蹈语无伦次
大雪如此直白的表达
让人措手不及
如此纯粹的书写,大写意
没有布局、构图、上色
没有五彩斑斓、四季分明
全是留白

留下巨大的想象空间
茫茫一片
找根枯树枝自己去画
没人阻止

画新年新气象,画健健康康
画春暖花开,画碧波荡漾
画迎风远航,带着雪的祝福

桃花它悄悄地开

桃花它悄悄地开了
梅花也在默默地留香

人们蜂拥而至
观赏、赞叹,并驻足合影留念
谈笑声、呼喊声、女人孩子的尖叫声
混杂在一起
人头攒动,摩肩接踵
往年的情景还浮现在眼前

今年的梅,蜡梅、红梅都寂寞了
野外红的桃花,白的梨花更安静了

一切静了下来
一片最原始的宁静

太阳高照,懒洋洋的
花儿笑了,它们不为谁开
只因春天来了

春天你不要来

春天,你还是停留在远方比较好
春雨要下就下吧
世界朦胧得什么都看不见
柳枝摇动,叶芽有萌动的倾向
春天暂且藏在冬的寒冷里
梅红也不要轻易乍现
按住四溢飘散的馨香
遒劲的枯枝玉树临风
衰草不乏绿
任劲风吹
猫儿不准在墙头号叫
鸟儿不许在枝头献唱……
按住车轮前进的步伐
回撤
再回撤

一片落叶

远远看去,我以为是一幅画
其实是一片黄叶
落在花坛里的景观树上,颜色刚刚好
这青翠的底色,青春凸现

别说点缀
风不悦,没有吹动它去别的地方
如平整的草地、鲜亮的花

落叶,纹丝不动
坐在蘑菇云似的树冠上

每一天

每一天我都梳头、洗脸
把自己收拾干净
每一天我都拿起书
钻进主人公的内心世界
像是在山林里沐浴
树叶簌簌摇动
蝉衣却一动不动

每一天
每一天像蝉一样
离开昨天的自己,留下一个空壳
任风雨交加

偶遇一群孩子

今天在环山路偶遇一群孩子
手机开心地咔咔响
我们似一群长久没下山的隐者,闯进了人间烟火

孩子们定格在手机里的瞬间
动作自然而洒脱
或慢跑或跳跃或蹲下或嬉闹……
我们匆匆而过,他们是我们的曾经
回不去的曾经
让他们在广告牌前多待一会儿
多停留一会儿
他们想什么时候离开
就什么时候离开

离黄昏,还有好长一段距离呢

废墟

坍塌得多么彻底
没有断垣,没有围墙
雨,一遍一遍冲刷着尘埃
道不明的痛楚,在风中哽咽

黑夜里,梦在滋长
一点一点在晨曦中发芽

山顶上的鸟窝

为什么要在这里安家
在山顶的一棵大树上
不敢问爸爸,只记得
周围叽叽喳喳的议论
差点让我们放弃
它们说
狂风暴雨会摧毁
这层层搭建的暖窝

大雨是来横扫过
狂风也来过,似噩梦中醒来……

清晨
阳光最先照进我们的家园

山顶的围墙

慢下来的脚步
一步一步靠近了山顶的围墙
那古老的墙,高而结实
它把风挡在墙外,还有野兽
几百年过去了,墙的心思谁懂?

此时,我的心思
只是想靠近你

地铁来了

听说地铁马上就到
我站在站台的末端
探出头来,张望
漆黑的隧道,有点寒意

它,穿过黑暗
远远传来声响
有强烈的灯光直射过来
我不敢久望,它瞬间而来
带来一阵狂风

我站的地方是亮的
只是退让了一下
它也停靠在,明亮处

皮影戏

你看到的是我的影子
皮的影子,别不相信
因为有光,是光欺骗了你
你愿意沉醉在影子里
一段接着一段

我却愿意在有光的日子里
反反复复地过下去

病房里的靠椅

病床的一侧是它的位置,白天蹲着
晚上躺下,像一个健康的人
伸直修长的秀腿
可以托住夜晚的梦幻
哪里来的梦?附近病人一有风吹草动
靠椅上的人马上惊醒翻下身来
闪电般迅疾,不迟疑
容不得半点疏忽

病人眼睛里流露出来的痛
也痛在自己心里

病房里的靠椅
白天蹲着,晚上躺下
修长的身体能托住梦

写在清明之前

昨日高温,今日却雨势凶猛
气温陡降,冷的不是我
是樟树下,一地的落叶
这是春天?你会疑惑
花,也被雨水打落
白的苹果花,白的梨花
一片片白的花瓣,散落在路边

路边有黄的菊花,白的菊花
在竹篮里绽放,是否
在这灿烂的菊花里,可以找寻到
父亲严厉的眼神……

在壁炉前看书

看见壁炉,想起北欧
寒冷的冬天
电影中男女恋爱的情景
争吵分手的片段说的全是中文
蓝眼睛的金发女郎
带我进入了剧情

没有感到冷,他们也一样
壁炉的火很旺

我坐在壁炉前,看书读诗
冬来了,仿佛又走了
什么样的场景都没有了
只有书
它温暖了我,也温暖了整个冬天

师父说要读一万本书

师父说要读一万本书
我读了几本?
环视四壁,几十本吧
还蒙了厚厚的灰尘,罪过
它们的欢喜悲伤就这样
被我忽略

我所忽略的事物,它们一样漠视我

一直静默着
一本摞一本,在墙角静默着的书籍
等着我捧起,打开它的心扉

心扉里有涓涓流淌的江河啊
如果领悟到一滴水的慈悲
就会满心欢喜

阳台上的牵牛花

阳台上所有的花草都欣欣向荣
包括你,牵牛花也在内

窗,是开放式的
阳光雨水尽心抚慰草木
窗内是另一番世界
站在窗前的身影
扫一眼这茂盛的花草,旋即离开
工具箱在角落里有些落寞
电视剧百无聊赖
手机里的声响越听越烦躁,烟雾千丝万缕

爬在阳台柱子上往外窥探的那朵牵牛花
却悄然开放了
它是开给自己看的,清新艳丽

外面的人仰望,才可以瞥见

我的花

我的花,阳台上的花
就这样爱着我……
海棠,在朦胧的雨中红透了
草莓花,洁白了一朵又一朵
那盆百合迟迟未开
是在做,出嫁前的准备?
含羞是必然的,人们总是说
多子多福

于是,在长花苞的百合面前
我不敢多看一眼

风筝

随风去了
带着那颗澎湃的心,徐徐上升
到了一定的高度
风,不再托起
只好停在空中迎风招展
绽放瑰丽

风,鼓动两翼的声音
嗖嗖直响
蓝天,其实还很遥远
累了
一颗迫切想回到地面的心
陡然萌生

在六月照见了自己

在六月的时光里
我照见了自己

在晨起的微风里,随风舞动的野草
那草是自己
窗外的鸟鸣声或断断续续
或清脆悦耳、婉转悠长……
那鸟儿是自己
只是飞远了
飞过蓝天白云
看见遍地的野花,满地跑的牛羊
在高高的山上,看见小河涓涓

这一次自己是一条鱼
游来游去,随着浪花不见了

再遇池杉

再遇池杉,它还是在水中

只是多了些绿色装扮,散开罗裙
网住了满池的浮萍仙子
含羞时
撑起一片荷盘

原来亭亭玉立,现在还是
只是它们,是不是梦里水乡的池杉
它们哪里知道
我们见过,又分离

分离时依依惜别

分开后的回忆写满日记
阳光下的池杉
树影斑驳,人在树影中穿梭

背影越走越远，影影绰绰
记得有夜鹭停在树枝上
一动不动

再遇池杉在雨中
雨，还在下
传来池杉的哽咽声，极像雨的滴答声

人在旅途
池杉总在原地

百合花的凋谢

百合花凋谢的样子是这样的
花朵倒挂在空中
悬浮、静止在时空,不舍的状态
小雨不停地下,雨滴似乎加重了伤感
花蕊紧拽住花瓣不放
怕它坠落,坠入红尘

谁能肯定,会有来世

花瓶树

大花瓶矗立在水边
它高过我们的头顶
瓶口拥挤着一束春天的绿色
枝条从瓶颈中抽身出来，静默无语

编织成瓶形的枝条被绑得死死的
枝头还孕育着花苞
它们紧紧相拥着
一声不吭

行走天涯的旧布

我是一块旧布,趁夜深人静时
一条条撕开
撕裂的脆响,是深夜里的心碎
怎么舍得,把自己一块块分割

甄别后,拼接出不一样的花朵
开在另一片天地

另一部分在岁月的褶皱里,扶不起来
无法焕发新的芬芳
自己把自己丢弃,一路走一路丢

也叫行走天涯

雨伞的自白

雨伞是用来遮挡雨的,每一个事物都有自己的任务
拿它来遮挡阳光,它也没有怨言
只是
雨的到来让它有一种冲动,说不出缘由的冲动
雨一来就想打开自己
滴答滴答
与雨滴聊个没完

这样美好的日子
还是在柳树发芽的春天

夏日,秋日,雨一直没来
它去了哪里?
雨伞在角落里郁郁寡欢
再一次收紧自己